Beyond Love

幻愛都市

目錄 contents

陳美濤

香港青年作家

香港大學中國歷史系博士生

撰寫「貼地荒誕」短篇小說系列，出版七本小說。在Youtube開設「口述武俠」頻道，解讀金庸、古龍的經典作品，已達350萬瀏覽量。

IG：tomato0728chan

Tomato

Ashley

袁群有

2021 亞洲小姐亞軍

英國大學商科系本科生曾拍攝多個廣告，代言人現職為財富管理經理

IG: ashleyyuennn

林海茵

2021 年亞洲小姐網絡人氣大獎 電台節目主持人及成報財經專欄作家。創辦 LaLune Partyroom，香港首間船上派對房間。

IG: Babyas

Karena

Moonna

譚夢娜

自幼喜歡音樂，由模特兒入行，於 2021 年獲亞洲小姐個人風格大獎。

IG: Moonna.tam

Fb: Moonna 夢娜

關於作者

美達路

香港新晉作家，與娛樂圈不稔熟，卻以身邊男、女性朋友和同性密友的經歷，創作一系列幻愛都市故事，娛樂大眾。美達路討厭以靚行兇，因為自己仍未學懂。《幻愛都市》一書道出美麗愛情的另一面，看後會不期然的叫了出來，但還請讀者讓嘴巴休息一會，用心去感受每個故事當中的愛情真諦。

攝影

陳家豪 Emil Chan

擁有超過 20 年亞太區外資銀行的信息科技管理及行政經驗。近年積極投入金融科技創投顧問及教育工作，更以核心成員身份參與多個知名組織包括香港數碼港輔導服務導師及企業發展顧問委員、領創香港名譽主席、智慧城市聯盟金融科技委員會主席、雲端與流動運算專業人士協會主席等，以全方位方式推動以金融科技爲核心之創投及培訓為主之數字經濟生態打造。

他經常透過業界之研討會和各種媒體發表他對本地金融創新及智慧城市之意見。自 2012 年開始他相繼擔任香港大學，香港理工大學，香港恆生大學，香港嶺南大學、香港城市大學，香港銀行學會及職業訓練局等高等院校的特約教授及客席講師。不時更出席大灣區內其他大學及知名企業舉辦的講座、培訓及接受主流媒體訪問，以承傳金融科技之道為己任。 80 年代開始擔任特約攝影師，對攝影藝術與數字資產之間的互動一直有獨到想法及實質參與的經驗。

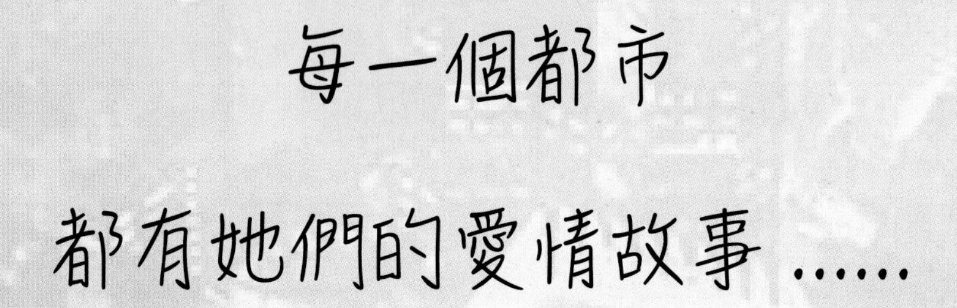

每一個都市

都有她們的愛情故事……

01

鋼琴別戀

她為了寂寞去戀愛，或許將來會更寂寞。

Piano 無意間在會所健身室，看見 Joseph 和另一住客因為選擇電視節目發生爭執，最後 Joseph 更被會所職員揭發沒有繳交會費而被勒令離開。Piano 無法接受自己曾和這男人有過親密關係，忽然悲從中來暗自啜泣。

她為了寂寞去戀愛，或許將來會更寂寞。Piano 是私人鋼琴教師，每天在家中教授一至兩位學生，工作比較清閒；她丈夫是中學老師兼訓導主任，工作相當繁重，每日早出晚歸，今個學期更負責帶領學校童軍，星期六日也需回學校工作；

兩夫妻在過去一年也沒有肌膚之親。

三個月前的一個下午，Piano 在屋苑的美式酒吧餐廳認識 Joseph，這個曾經令她生命泛起漣漪的男人；當日兩人話題不斷，似相識十數年的老朋友。Piano 仰慕 Joseph 見多識廣，儼如一本旅遊天書，帶她飛越長空，探索世界各地文化色彩。

兩天後 Joseph 安坐在鋼琴前細聽 Piano 彈奏「藍色多瑙河」，跳躍的音符令人春心盪漾，更撩起兩人綺麗的幻想，彷彿置身如詩如畫的歐洲大陸，譜出多姿多采的動人戀曲，兩人一起攀上了情慾的高峰；

其後數星期他們每天也沐浴在愛河中。

今年生日，Piano 意外地收到丈夫送給她名貴的生日禮物，還預訂了五星級酒店的晚餐；Piano 發現這青梅竹馬的丈夫，原來可以風度翩翩談笑風生，當晚他們談起以前很多有趣的事情，Piano 感到無比幸福和快樂；她非常內疚自己竟然背叛這絕世好男人。

Piano 決定離開 Joseph ，更開始覺得這個男人有點醜陋，她不喜歡他經常穿著窄身袖衫，爆開鈕扣露出巨型肚腩，她討厭他身體比較大汗經常滲出異味，她不想再聽這個男人編織的謊話。

「我們分手吧！」

Piano 終於提出了分手，而 Joseph 也無奈接受。

今天 Piano 經過會所看見 Joseph 被逐的鬧劇，她知道自己做了正確的選擇。她現正急忙趕去警署，因剛剛收到丈夫的電話，她想丈夫可能遺失了銀包。

Piano 到達了警署，看到丈夫與另一位女生同樣的穿著了童軍制服，呆坐在兩排對開的長椅上，警察告知他丈夫涉嫌與未成年少女發生性行為而被捕，著她到前堂辦理保釋手續。Piano 感到一陣的鼻酸……

Cacaolat
Cacaolat

「跳躍的音符令人春心盪漾，
更撩起兩人綺麗的幻想……」

02

好心分手

情，不是永遠著迷！

銀行女職員 Katie 花樣年華，她與會計師男友拍拖一年，感情由濃轉淡；在兩人共賦同居三個月後，Katie 感到這段情不再令她著迷；男友甜言蜜語消失了，調情小禮物亦欠奉。小妮子開始向好友 Candy 大吐苦水。

「太容易得到的，男人不會珍惜。」

Candy 並不同意兩人太早同居。

「他近來常推說工作繁忙，有時核數至深夜才回來。」Katie 抱怨很久沒有拍拖睇戲，男友重視工作多於愛情。

「重新追求！一定要他重新追求！」Candy 咬牙切齒的建議說。

Katie 聽取好友的意見，要求會計師男友重新追求自己，男友無奈接受；接下來每天要送上甜言蜜語，每星期要製造驚喜，而 Katie 在 Candy 推波助瀾下，真的信奉浪漫與甜蜜的愛情。

數星期過去了，她感覺男友故態復萌，仍然缺乏情趣，跟一年前不太一樣。

在好友 Candy 鼓勵下決定與他分手。

Katie 很快就展開了第二段戀情，男友是中法混血兒，有點像肥版法國球星羅里斯，他剛調任到銀行投資部工作。Katie 嘗到了法國戀愛的浪漫與激情，更經常尋求同樣是中法混血兒好友 Annabelle 的幫忙，惡補法文及與法國人相處技巧。

「記得要練好法文對答，尤其對著法國老人家，他們識英文也不肯講，只會以法語溝通。」

Annabelle 叮囑 Katie，而她吃力的學會了簡單的法文對答。

「Bonjour！Comment ca va？」Katie 以法文與男友媽媽對話，逗得她非常開心；那年聖誕假期，兩人前往法國南部小鎮探親，贏盡了男友的歡心。

真摯浪漫的感情維繫了大半年，最後 Katie 接受不了那位來港定居的法國媽媽，她真的不願意以法文以外的語言作溝通，更近乎對 Katie 不瞅不睬，男友卻成為了磨心。

「又話法國人崇尚自由戀愛，Bull Shit！」

Katie 有時相當氣憤。

「裙腳仔不要也罷。」「中法姻緣很少有好結果的。」Annabelle 的說話加速了兩人分開的事實。

Katie 的愛情生活繼續精彩，她在公司贊助的賽馬會活動上認識了黃律師；5 呎 7 吋半身高的她搭上了這位 5 呎 5 吋高的中年男子，此人敦厚有禮，是五位弟妹的大哥，甚懂得照顧及愛護他人。Katie 有時也會想黃律師就是自己的終生對象，甚至拍拖一年後便答應了他的求婚。

但 Katie 心裡一直介意黃律師的身高和他睡覺時的鼻鼾聲，她遂求助另一位好友 Jasmine。

「只要妳有一個不喜歡的理由，也不需要再補一百個喜歡的理由去說服自己，這位不是妳的終極對象。」

Katie 聽從 Jasmine 的意見最後悔婚了。

好友們非常了解 Katie，她追求完美的伴侶，不單外型匹配、更要呵護備至及關心，雙方激情後不可平淡、經常有情趣的點綴、婆媳共處不能接受、睡覺等私生活不可以被騷擾；好友們都知道這幾乎是沒有可能的事情。

蟄伏多年在 Katie 身邊的好友開始行動了。Candy 和 Annabelle 分別搭上了會計師和中法混血兒，而最後和黃律師結婚的是 Jasmine。

情，好友都會著迷！

03

愛與恨的邊緣

愛之欲其生、愛之欲其死。
為愛，一個人可以去到幾盡？

「電腦內滿載各種安樂死的方法，怎樣與心愛的人一起安詳的離去。」Barbara 在法庭上哭得死去活來，患上抑鬱症的她指出男友是因為太愛她，不想愛侶獨自受苦才作出這個決定；慶幸的是 Barbara 逃過了鬼門關，沒有像男友 Albert 那樣一睡不醒。法庭判決 Albert 死於自殺。

兩人相識緣於租客與業主的關係。五年前，美容師 Barbara 決定離開任職的美容院，與兩位好姊妹開創事業，地產代理找到了業主 Albert 的單位；Barbara 不單在那裡開設了自家的美容院，還與住在隔壁單位的 Albert 墮入愛河，兩人打得火熱，更共賦同居。

美容院由 Barbara 帶著一班舊客戶起步，至翌年引入日本最新的納米離子蒸面機，吸引到一班闊太捧場客，生意其門如市，三人忙得不可開交。其後 Barbara 決定栽培數位年青技師，包括冰雪聰明的 Charlotte，小妮子很快掌握了技術的核心、客戶的心理，人工一年間更三級跳由一萬多元增至四萬多；兩年過去，Charlotte 早已成為公司不可或缺的美容師。

「Charlotte 想另起爐灶，是真的嗎？」
「佢會唔會帶走晒啲熟客？」

Barbara 和兩位姊妹感到不安，其後更無意間發現她藏有客戶的聯絡資料，三人知道 Charlotte 已經不能再留了。她們想到了一個好方法，既可把 Charlotte 辭退，又可以追蹤她的動向，防範對公司造成傷害。

「碰！槓上自摸！」「對對胡定詐胡？哈哈！」那晚三人相約 Charlotte 放工後在公司打麻將，有說有笑，突然 Albert 從隔壁單位氣沖沖走過來，投訴她們聲浪太大，更發狂的推翻了麻將枱，他和 Barbara 甚至打起上來，女方拿起麻雀擲過去更差點傷及 Charlotte，幸得 Albert 奮不顧身為她擋架才不致於受傷。

「剛才謝謝你！
仲請我食宵夜。」

Albert 其後邀約 Charlotte 一起打邊爐，訴說與 Barbara 感情轉淡；而 Charlotte 放鬆了心情，和盤托出準備另起爐灶的想法，甚至把支持她的客戶名稱也一併說了出來。作為無間道的 Albert 當晚如實報告給枕邊人Barbar，其後大半年也把 Charlotte 新公司的情報奉上，令美容院避過這新對手的追擊。

真亦假時假亦真！

Albert 暗地裡左右逢源，享受齊人之福，其行徑當然逃不過 Barbara 的法眼，她為了要 Albert 多點時間陪伴自己，更訛稱患上抑鬱症，可惜仍然敵不過年輕貌美對手的追擊，留不住男友的心。

「我是不是個壞女人？」

Barbara 問，而兩位好姊妹顫抖地回答：

「妳忠於我們、忠於自己，又點會係一個壞女人！」

她們兩人剛被告知，電腦的內容是 Barbara 自己設計的，讓她成為眾人眼中的受害者，犯罪後也能安然脫身；不過最終她仍按耐不住，把這驚人秘密告知兩位好姊妹。

愛之欲其生，恨之欲其死！
為恨，一個人可以去到幾盡？

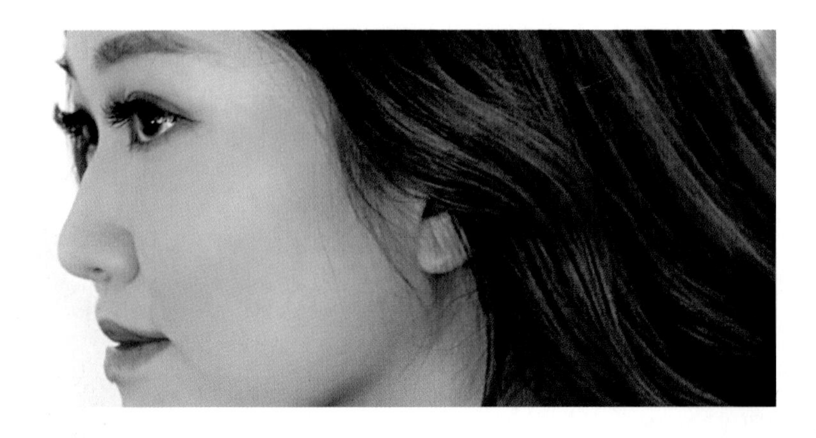

愛之欲其生、恨之欲其死！
為恨，一個人可以去到幾盡？

04

金融女經紀

瞬開雙眼做場夢；情愛，四次三番被愚弄！

「我們做前線服務的，每日接觸不同客戶，誠信是非常重要的，絕不容許從中抽取個人利益。」

Natalie 對 Juliana 的說話嗤之以鼻，她加入這位大學師姐的金融團隊，目的只有一個，就是要盯實同是團隊成員的男友 Anthony，傳聞兩人開展了地下情。

Natalie 隨後在男友的協助下，考獲金融代理專業牌照；但這個年頭市場充斥微信女、倫敦金等詐騙集團，要做出成績並不容易。慶幸本港金融市場開放，並設有多種政策吸納國內資金，金融從業員很多都轉移尋找國內客戶。Natalie 也不例外，她經 Anthony 介紹認識一眾國內人仕，包括一班要求多多的暴發戶人稱「土豪」的投資者。

「有土豪客戶希望認識有名氣的香港富豪，安排晚飯有獎金三十萬元，如能拜訪其豪宅可以有一百萬元獎金加禮物。」Anthony 介紹了土豪林總給 Natalie 認識，林總答應購買一份大額投資合約，卻同時要求認識香港的富豪，當然他開出的條件也非常吸引。Natalie 四出張羅，總算找到了城中名人周姓富豪願意和林總一起晚餐，她嘗試游說周姓富豪安排晚飯在他的大宅，但卻未能得到他的首肯。

林總一眾土豪確定了來港的日子，Natalie 同時預備了一份巨額投資合約，期望當晚能一箭雙鵰。世事豈能盡如人意，周姓富豪臨時爽約，Natalie 急得哭了，她無計可施下遂求助於男友，最後兩人決定兵行險著。

Anthony 找了一位貌似周姓富豪的朋友訛稱其弟弟，當日租了一架勞斯萊斯並由他充當司機，到關口接載土豪們到他日租的九肚山大宅。會面氣氛良好，林總他們似乎被蒙在鼓裏，誤以為結交了香港富豪，更送上名貴花瓶作為見面禮。

突然門一打開，Juliana 等公司高層進入屋內，Natalie 知道大禍臨頭，她的把戲要被揭穿了，她把 Juliana 拉往一邊並將始末如實告知，獎金及獎品也答應一併奉上。

Natalie 瞄了 Anthony 一眼，見他模稜兩可，她相信是男友向上司告密，開始懷疑這次是兩人設的局令她知難而退。

傳聞的孽緣原來一直都在，
她黯然離開了大宅。

「我們是周紳士的好朋友，以後多多關照！」Juliana 和 Anthony 熱情招待林總這班國內豪客，各人更馬上收到名貴禮物；數位豪客在假扮的周姓富豪弟弟見證下，簽署多份巨額投資合約，衆人樂也融融，繼而開始了富豪鋤大 D 牌局。

數月後，Juliana 和 Anthony 相繼失蹤了，據說兩人當晚輸了很多錢，最後被迫簽下了多份借據，輸掉了投資合約賺取的數十倍金錢；Juliana 和 Anthony 企圖得到「個人利益」而誤墮土豪騙局。

可憐小妮子 Natalie 午夜夢迴，
夢見兩人雙宿雙棲，仍終日以淚洗面。

05

夢幻旅程

那段快樂使人迷失，卻值得一世紀念。

「下個月我去意大利工作假期，體驗當地人的生活。」Jess 女兒有著男生的個性，獨立自主，喜歡接受新的挑戰。

「為何選擇意大利？」正在燒菜的 Jess 回應著，女兒指意大利充滿文化氣息，蘊含浪漫激情的多元國度；她笑著說：「沒有親身體驗是不會明白的。」

這句話把 Jess 帶回二十多年前的一段夢幻旅程。

年青的 Jess 同樣喜愛體驗生活，當年與兩位友人在暑假踏上歐洲大陸，在法國飽嘗文化藝術饗宴後便分道揚鑣；其後 Jess 孤獨的走過浪漫之路和天鵝堡，獨自欣賞維也納歌劇後再登上少女峰，日記內記載了一些看似有趣的人和事。

Jess 本以為旅程就此平淡的結束，直至在火車內遇上 Fabio，一位貌似球星巴治奧的意大利男子。當晚兩人登上從瑞士往意大利的火車，相對坐在同一包廂卡座，Jess 與 Fabio 有說有笑，氣氛融洽。夜了兩人合力將兩排座椅拉下成為一張大床，Jess 套上睡袋遂進入夢鄉。

半夜，Jess 在睡夢中驚醒了，Fabio 的手在他的睡袋內撫摸著，Jess 大驚並拿出在瑞士買的萬用刀，兩人對峙了十多分鐘；終於由 Fabio 以眼淚打破沈默，他為自己魯莽的行為道歉，同時出示了大學副教授的證件，並訴說對東方人有一種特別的感情。

Jess 開始軟化，放下了萬用刀，Fabio 其後以此刀削蘋果，細心的逐件放入 Jess 口中；或許個多月的單身旅程有點寂寞，Jess 最後接受了 Fabio，當晚與他雙擁而睡。

浪漫激情的意大利旅程拉開序幕，兩人如情侶般在 Milano 花街角落追逐嬉戲，累了啖著 Cappucino 傻痴痴的相擁而笑。翌日轉往水都威尼斯撐小船，Fabio 哼著情歌令 Jess 春心盪漾；兩人曾四腿交纏躺在赤裸的雕像傍，彷彿佛羅倫斯 L 廣場已沒有別人。

那段快樂時光難以用筆墨形容，卻寫滿了 Jess 整本日記簿。最後一站在羅馬，兩人在許願池許下承諾一生相愛；Fabio 和 Jess 的名字寫在同一錢幣上，噗通一聲淹沒於池水中，為這夢幻旅程劃下句號。兩人難捨難離，最後交換了聯絡電話及地址，期待下一次的見面擁抱。

Jess 回港後有收到 Fabio 的信件，並努力回信維繫這段感情，偶爾腦海中更會泛起漣漪，可惜數次搬家後雙方失去了聯絡。Jess 畢業後加入了外資銀行工作，收入穩定也很快成家立室，女兒於婚後一年出生，他擁有一個美滿的家庭。Jess 有時會慶幸當日沒有泥足深陷，但也曾懷緬那段錯配的感情。

Jess 與太太在機場送別女兒，
叮囑她每天也要致電報平安，
不要迷失在意大利的國度。

06 愛情的考驗

愛一個人不難，要長相廝守、
共富貴、共患難才是真正的考驗。

妮歌答應了志華的求婚，郎才女貌，羨煞旁人。妮歌是金融機構的投資顧問，天生美人胚子，相貌甜美；而志華是事務律師，剛剛晉升為合夥人，三十出頭，是年青成功人仕的典範。

妮歌與志華認識的時候，兩人各自也有伴侶，妮歌的前度是小生意的合夥人，與拍檔開設小朋友 playground，算是努力創業的青年人；但自從認識妮歌後，管接管送終日陪在女友左右，拍拖的時間多，工作的時間少，生意一落千丈，妮歌開始討厭他太過纏身又沒出息，隨時準備終止她這第七段感情；直至那晚在好友麗玲的生日派對上遇上了志華。

為最刻骨銘心的第八段感情拉開序幕。

麗玲有時會打趣的跟妮歌說，如果當日不是因為自己生日，無暇照顧新朋友志華，絕對不會把這個筍盤漏了給妮歌。的確當晚兩人一見如故，如糖似蜜般在派對中形影不離，一時擁抱在唱歌，間中嘻嘻哈哈說著笑話。那夜兩人離開派對後去了淺水灣沙灘數星星，互訴心聲至日出時還未有終結。志華被妮歌的美貌及甜美笑容所吸引，妮歌鐘情志華的見多識廣，以及他專業律師形象。

往後一年，兩人打得火熱，妮歌在炎夏的布吉島晚上答應了志華的求婚，男方更訂好了淺水灣酒店的酒席，準備在聖誕節期間與愛侶共諧連理，計劃婚後往歐洲共渡蜜月。妮歌回港後把喜訊告知好友，更邀請了麗玲當伴娘，小妮子相信今次找到了真命天子。

期待良晨美景盡快來臨。

就在這個美好的時刻，志華的律師樓出了亂子，胡李關陳律師樓的第二股東李律師涉虧空公款，把客戶在公司的 8 千萬港元信託金拿走了，事件震驚整個法律界，連累剛躍升為合夥人及股東的志華，隨時負上財務甚至刑事責任。志華及其他合夥人最後在溫哥華找到了李律師，他堅決不肯退還金錢，原來這是他跟大股東的私人恩怨。

「破產，每一個合夥人將會被弄至破產。」這是一個宿命，志華認清了目前處境，他有破產的心理預備。一年前就是因為自己在追求妮歌時，希望可以多賺點錢及提升名譽與地位，才答應大股東胡律師邀請成為合夥人。他對這位恩師又愛又恨，怎可能把與二股東的私人恩怨帶到工作上，甚至害苦了一眾合夥人及整間律師樓。志華估計胡律師推掉他作為證婚律師的邀請，一定是其心中有愧；不過他相信即將破產的律師能結婚的機會也是渺茫，一切還看未婚妻妮歌。

果然不出所料，妮歌悔婚了。那天晚上麗玲陪伴著妮歌與志華見面，她受不住這麼大的打擊，哭著離開了。瞬間剩下麗玲與志華，兩人抱頭痛哭。「我會在你最需要人陪伴的時候，伴你渡過難關。」麗玲說出了心底話，女方說到做到，陪志華走過了人生低谷。「妳腳頭真好，胡律師最終願意出來擺平事件，我也避過了破產的危機。」兩人其後奏出婚姻美麗的樂章。

妮歌當晚離開後，去到了胡律師的家中，跪在她這位金融大客面前求他拯救志華。

「過去一年我幫你在投資方面也贏了不少，
請你開出條件我一定會答應。」

妮歌最終陪伴 70 多歲的胡律師在澳洲渡過餘生。

愛一個人不難，

要用自己的餘生去成全他才是真正的考驗。

07

生日派對

盛大的生日派對，令人羨慕又嫉妒。

「Happy Birthday！生日快樂！」

Daisy 今晚的生日派對星光熠熠，整個明星酒吧場被包起了，超過三百位賓客到賀，更有部份是娛樂圈的藝人及社交名人。Daisy 的新男友是星級髮型師，兩人繞著手在場內招呼賓客，收到的生日禮物堆積如山，女主角今晚是萬千寵愛在一身。

Daisy 有點姿色，是某大保險集團的 Financial Planner，她決心要成為最出色的營業員；某天她從手機社交平台得悉有明星開設了新的高級酒吧，她感到機會來了，當晚獨自前往酒吧，更認識了開設酒吧的兩位藝人及其合夥人，他們其後也介紹很多娛樂圈的朋友給 Daisy 認識。

每星期有數個晚上總會在酒吧見到 Daisy 的蹤影，她像穿花蝴蝶般穿梭在不同的酒客群中，與他們唱歌猜枚傾心事；緣份到來，她在酒吧朋友的生日派對結識了髮型師 Don，兩人當晚打得火熱，互爆雙方認識娛樂圈藝人的八卦事，凌晨時分更在時鐘酒店擁抱著睡至天亮。

Daisy 在公司開始扯高氣揚，聲稱她認識很多明星及社交名流，當中也有成為她的客戶；她間中會告知同事某個女星將會開拍新戲的內容，也會展示與眾多男星集郵的相片；Don 也透過 Daisy 在酒吧的網絡認識很多新朋友，很快他成為了星級髮型師，擁有不少明星和名人客戶。

這是 Daisy 一生難忘的晚上，從七點開始招呼賓客，儼如這高級明星酒吧的老闆娘，娛圈朋友也帶了很多新的朋友到賀，Daisy 整晚情緒高漲，滿場飛之餘更叮囑朋友們今晚「不醉無歸」。到了十二點切蛋糕時間，在場超過三百位賓客與她一起唱歌慶祝，Daisy 沈醉在這歡樂氣氛中，切蛋糕後終不敵酒意醉眠在酒吧 K 房內。

凌晨三時多，Daisy 被新來的酒吧經理叫醒，給了她一杯熱茶同時給了她一張帳單，盛惠港幣三十三萬元，Daisy 驚惶失措因她從沒想過 Don 離開了並沒有給她結帳，事實她也甚少需要在酒吧付費。她併命的打電話也沒有找到朋友幫忙，她跪在地上哭了，最後只好求助居於元朗的父母，凌晨五時多 Daisy 與家人離開酒吧。

Facebook 提醒今天是 Daisy 的生日，酒吧的專頁也刊登了昨晚生日派對熱鬧的相片；Daisy 收到近千個生日祝福，但她沒有如往年般逐個回覆了。壽星女整天一個人躲在被窩，哭濕了枕頭。

生日派對後其實不一定快樂。

08

創業女生

愛情與事業值得同時擁有嗎？

Joanne 離開了商會 WhatsApp 群組，Flora 的心涼了半截，她知錯了，知道是自己把對方迫得太緊。但 Flora 相信 Joanne 一定不會拋棄自己，因為她們不單是情侶，更已經成為了生意的合夥人。

半年前兩人在一個商會的晚宴上邂逅，Flora 是晚宴的籌委，她請來了情歌王子為表演嘉賓；Joanne 被友人邀請付費出席這商會的晚宴，兩人當晚有緣坐在鄰座，有緣一起抽中大獎，其後在舞台前欣賞情歌王子的表演，兩人更一起和唱著，場面溫馨感人，當晚大家傾談得相當投契。

「妳的設計非常獨特，令人有怦然心動的感覺。」Joanne 對 Flora 的手袋設計非常欣賞，更自薦為她打開海外市場，令這位剛起步的創業女生對未來充滿憧憬；事實上諗設計的 Flora 一直希望創立自家品牌，她打工五年後儲好了資金和經驗，準備在商界大展拳腳。Joanne 已婚有一對仔女，是家族企業的第三代傳人，在國內生產及經銷絲花製品，唯 Joanne 無心戀戰，一直希望找到更理想的出路。

Joanne 開始約會 Flora，並在生意上給予她很大力度的支持，不單在國內找了生產商讓 Flora 選擇，還替她介紹海外買家打開國外市場。在去年底的海外展銷會，Joanne 成功替 Flora 接了一張英國的訂單，兩人開心不已，晚宴慶祝後兩人有了肌膚關係，Flora 如沐春風，感受到無比的幸福和快樂，事業和愛情兩得意。

Joanne 被邀請成為 Flora 公司的股東，擁有一半的股份，兩人合力下業務也漸上軌道，打開了龐大的中價手袋市場；Joanne 開始以老闆身份自居，每天回公司指點好 Flora 和數位同事的工作後便離開，兩人見面時間也開始減少；Flora 繼續每天辛勤工作，希望能做出好成績，可以得到 Joanne 的讚賞，催促纏綿的誕生。

那天深夜 Flora 一個人在家開了香檳，慶祝剛洽談成功的一張大訂單，在酒精影響下她決定要致電 Joanne 報喜訊。不幸的是 Flora 被 Joanne 痛罵了一頓，並警告她不要在晚上致電，以免影響其家庭生活。Joanne 收線後繼續擁抱 Annie 入懷，兩人數月前於某商會晚宴上認識，Joanne 主動給予 Annie 很多營商意見，今天也替她解決了公司營運上的一點疑難，兩人晚餐後有了肉體關係。

「Joe，係我唔啱，我日後不會在晚上打電話給你，我加回 Joanne 入群組好嗎？」Flora 哀求著並希望 Joe 繼續留在群組，可以給予她更多營商的意見，當日她建議 Joe 以女性名字 Joanne 加入群組，其實是希望把他私有化。

今天 Joe 成功轉型，他已經是多間中小企業的老闆，每一間也有拼博的創業女生為他管理；Joe 在商場購買新戰衣，明天晚上將出席一個新成立商會的晚宴。

愛情與事業可以同時佔有的。

09 一生最愛

癡癡的等，不要等一生中最愛。

Norman 呆在 Rachel 身邊等了數年，終於下定決心向剛失戀的 Rachel 表白。兩人是大學同窗，當年在系會迎新營認識，雖然住在不同宿舍，但女方遇上任何問題，男方定會第一時間伸出援手。

「今天宿舍搬房，可以過來幫忙嗎？」Norman 一口答應及飛快的衝過去。「我失戀了，今晚要陪我傾計。」這種情況近年最普遍，Rachel 每次失戀都會找 Norman 慰藉，這次她與男友從東京回來便分手了，她哭喪著臉跑到 Norman 面前。

「男女去旅行就是最佳的驗證，幾天都相處不來，分手就是最好的結局。」Norman 已學會怎樣令 Rachel 更易釋懷，對前度不再留戀。

「陪我去旅行，我要盡情的玩番餐，
忘記那個衰人。」

Rachel 突然的向 Norman 提出。

「都好，在外地跌倒就在外地企番起身。」Norman 裝作勉為其難，心中卻暗喜。兩日後便和 Rachel 坐上飛往泰國布吉島的航班，他發誓要好好把握今次機會。

Norman 期待兩人有超友誼的發展，出發前將一個安全套放進頭痛藥的盒子內，並在祈禱，希望上天給他與最愛有美好的安排。

往布吉的旅途上，Rachel 向 Norman 不斷訴說「前度」「前前度」的點點滴滴。前度們都是思想成熟、事業有成的精英，但缺點就是忙。某前度連看電影也是 Rachel 買票，入場時他才知道看那套電影。最忙的前度竟在卿卿我我時，用鬧鐘提醒紐約開市的時間。

「唉！我沒有過份的要求，更不斷的製造 Surprise 給他，偶然才問一句：你會娶我嗎？」

Norman 點頭唯唯諾諾。

他們到酒店後，打開房門發現是一張 double bed。「好呀，我們可以睡大床了，但你要乖乖呀！」Rachel 指著 Norman 鼻子不斷調笑。大男孩壓著心中的興奮，想到安全套可能用得上了。他們當晚在同一被窩裏聊天，溫香軟玉觸手可及，不幸地兩人只顧聊天至天亮，甚麼也沒有發生。

第二天兩人去了玩「笨豬跳」，Rachel 在聽講解時一直緊握着 Norman 的手臂，男方趁機反握女方掌心，發現她手心一直冒汗，有點驚慌。Norman 發揮男人本色，不斷在旁鼓勵給予強心針，協助 Rachel 順利跳下並取得「勇敢證書」。晚上兩人疲倦的抱頭大睡。

「今晚食海鮮大餐再去跳舞飲酒，最後一夜，笨豬跳勇士們不醉無歸！」Rachel 對應承諾，當晚醉著回到酒店。

「我頭很痛，先休息一會，浴室你用吧。」Rachel 只想抱頭大睡。Norman 醉醺醺的走入浴室，幻想著最後一晚會發生甚麼事。

那邊箱，Rachel 無意地打開了床頭櫃桶，見到一盒頭痛藥，遂打開取藥治療頭痛，她看見盒內安全套霎時醒了一下，她把藥盒放回 Norman 背囊內而詐作不知，沉沉的睡去了。

Norman 洗澡後回到床上，他有點按捺不住，但也輕聲的拉開床頭櫃桶，「啊！」的一聲，藥盒往那裡去了？這是天命嗎？

Norman 安靜下來，朦朧中聽到 Rachel 的一句夢話：「唔結婚唔好搞我！」他頓時有所覺悟，疚歉自己對最愛的不尊重；其後他更索性多穿一條長褲子，以防酒後亂性。Norman 把最愛的夢話銘記於心。一晃數年。Rachel 終於找到真愛而開花結果。

Norman 這幾年事業發展順利，期間也拍了幾次拖，但覺得約會的女朋友總是欠缺了甚麼，又總是要求著甚麼似的。

那夜他氣沖沖的來到機場，新女朋友說道：「Surprise！今次我們去東京玩三日兩夜！」女友體貼的說道：「知道你工作繁忙，所以我一切都安排好了。」

他們在東京瘋狂購物，晚上回到酒店，情到濃時兩人擁作一團，女伴在他耳邊問：「你會娶我嗎？」Norman 感到一陣暈弦，詐說先需用鬧鐘提醒美國開市時間，然後定過神來，打開自己帶來的頭痛藥盒，想抽出內裡的安全套之際，他有一點猶豫。

腦海浮現 Rachel 當晚的一句夢話，他吞下兩片頭痛藥，沉沉的睡去了。

回港後與這女生分手！

誰人是一生中最愛？
答案可是負累。

10 名人旅行團

我可以再參加名人旅行團嗎？

「多謝表姐！因為妳，我才可以達成心願在 30 歲前結婚。」新娘子 Melody 在峇里島的婚禮上，興奮地訴說著認識丈夫的經過，當日表姐 Natalie 替她報名參加名人旅行團。「我好似仲未俾番團費。」逗得眾賓客嘻哈大笑。

Natalie 尷尬地陪著笑，心裡不是味兒。

「聽講每團都有女團友釣得金龜婿。」

那年聖誕假期前夕，Natalie 從銀行同事口中得悉名人旅行團；她付出了昂貴的旅費，同時自掏腰包邀請表妹 Melody 作伴；Natalie 充滿期待，希望藉此擺脫單身的宿命，甚至有一日無名指戴上鑽戒。

「我可以幫到妳，每一團也有成功例子。」名人旅行團領隊 Choi San 自豪地向 Natalie 保證，參加旅行團的男性非富則貴；而經他精心安排，每一團也能撮合男女團友成為愛侶，曾經有富豪男團友急不及待在旅途中向女團友求婚，成為一時佳話。

七天的北海道旅程毫無冷場，Choi San 說話幽默風趣，他更兌現承諾給 Natalie 和 Melody 安排一位男團友作伴；記得兩對男女各自駕駛雪山摩托車，在冰雪森林中騁馳，Melody 駕駛的摩托車不幸地碰到大樹而撞翻了，她和男團友倒在地上，雙方對望著然後嘻哈大笑。

往後的旅程，Melody 和那男團友儼如情侶般，兩人在二世古一起學習滑雪，累了又相互擲雪球嬉戲，隔天 Natalie 看到兩人擁抱在小樽街頭，當日他們更在參觀鮭魚故鄉館抽中大獎，獲贈一條三呎長三文魚當晚與團友一起分享，衆人為 Melody 及男團友送上祝福，Choi San 誇口說又成功撮合美好的姻緣。

深夜 Natalie 聽到由 Melody 房間傳出的浪叫聲，心癢難耐，她後悔自己出錢出力卻為表妹作了嫁衣裳。數月後傳出 Melody 的婚訊，她決定下嫁那位醫生男團友，並相約在峇里島舉行婚禮，Natalie 期間與另一媒人 Choi San 在竊竊私語。

「我可以幫到妳，妳將會在下一團找到如意郎君。」三個月後，Natalie 坐上往東京的頭等客艙，她邂逅了同樣參加東京賞櫻之旅的 Desmond，那位去年喪偶的城中富豪。當晚兩人享受夜櫻點燈的浪漫情調，Natalie 被見多識廣的 Desmond 所吸引，彼此更有相逢恨晚的感覺。翌日 Choi San 安排在銀座品嚐米芝連懷石料理，他望著兩人自豪地說道：「我每一團都能撮合美滿姻緣！」兩人相對而笑，Natalie 終相信皇天不負有心人。

兩人其後生活相當愜意，早上一起游泳或行山，下午在富豪飯堂午餐，餐後 Desmond 會去打高爾夫球，而 Natalie 約會表妹行街和 high tea，婚後的 Melody 偶爾埋怨醫生老公視她為生仔機械，更打趣說後悔參加名人旅行團。至於 Natalie 每月也會收到 Desmond 的名貴禮物，她在外人眼中是非常幸福的女人。

「我可以再參加名人旅行團嗎？」

Choi San 今日收到 Natalie 的電話，原來過去兩年 Natalie 也未嚐過甘露，年近六十歲的 Desmond 只希望找一個伴侶。「我不太有性的需要，亦不想在天家的太太感到不安。」Desmond 與 Natalie 之間只有手足之慾，從來沒有周公之禮。

Natalie 下月便到四十歲了，但仍是處女之身。

Beyond Love
幻愛都市

作　　者：美達路

攝　　影：Mr. Emil Chan
設　　計：Fai

出　　版：悅文堂
地　　址：香港 柴灣 康民街 2 號 康民工業中心 1408 室
電　　話：(852) 3105-0332
電　　郵：joyfulwordspub@gmail.com

發　　行：香港聯合書刊物流有限公司
地　　址：香港 新界 大埔 汀麗路 36 號 中華商務印刷大廈 3 字樓
電　　話：(852) 2150-2100
網　　址：http://www.suplogistics.com.hk
出版日期：2022 年 7 月

印　　刷：培基印刷鐳射分色公司
地　　址：香港 柴灣 安業街 3 號 新藝工業大廈 8 樓 D 座
電　　話：(852) 2562-6287
傳　　真：(852) 2976-0798

圖書分類：圖片集 / 散文
初版日期：2022 年 7 月
ISBN：978-988-75866-8-5
定　　價：港幣 150 元 / 新台幣 670 元